COLLECTION FOLIO

Nina Bouraoui

Avant les hommes

Gallimard

Nina Bouraoui est née le 31 juillet 1967 à Rennes. Elle a reçu pour son premier roman *La voyeuse interdite* le prix du Livre Inter 1991. Depuis elle a publié *Poing mort, Le jour du séisme, Garçon manqué, La vie heureuse, Poupée Bella, Mes mauvaises pensées*, récompensé par le prix Renaudot 2005, *Avant les hommes* et *Appelez-moi par mon prénom*.

À Pauline

« Get me away from here, I'm dying. »

Belle and Sebastian

Jérémie, mon prénom est une prière qui me protège. Ce soir, le vent a lancé une voix dans les arbres, j'ai fixé le ciel et je me suis dit que l'univers est un trou noir qui nous engloutira tous un jour. J'ai eu peur, je me suis allongé sur l'herbe et j'ai pensé à ce film où un homme jouissait dans la terre, j'ai pensé que j'étais cet homme, puis j'ai pensé que j'étais la terre, que ma peau se déroulait dans le jardin, qu'elle fuyait de moi, puis j'ai senti la jouissance de cet homme, c'était chaud et ça a effacé ma tristesse. Mon ventre s'est ouvert en deux. Ma mère a mis un disque, de Sergio Mendes. Elle voulait danser avec moi mais j'ai refusé parce que je ne voulais pas sentir son angoisse, qui est comme un serpent qui m'étouffe. Le ciel était blanc d'étoiles, j'avais trop bu, je sentais mon sang courir (du feu sous ma peau). Je suis parti de la maison, j'avais l'homme de la terre dans ma tête, je me sentais excité, je me suis dit que la jouissance était au centre de tout, que ce n'était pas une invention mais le seul moyen de tenir debout et de courir sans tomber. J'ai marché vers le champ de colza, j'ai regardé les tours de la cité, dressées telles des ombres de géant. Quand je suis rentré, ma mère avait laissé un mot près du téléphone : Ton père a appelé, tu lui manques.

Je n'ai pas appelé, j'ai regardé une photo de Sami, un mec de mon lycée, et j'ai voulu jouir après, mais rien n'est venu, j'étais parasité par le visage de mon père seul au-dessus de moi, comme s'il avait été brûlé par le silence.

J'aimerais me séparer de moi et flotter dans l'eau bleue d'un autre monde. Je suis aspiré par la vie, par l'idée que je m'en fais. Je suis au début de ma jeunesse, ou de ce que l'on appelle la jeunesse, je suis entre avant et après, mais je n'ai pas vraiment d'histoire et je ne me représente pas l'avenir, c'est comme si je n'avais pas de prise sur le temps qui vient et qui est peut-être du temps qui me reste.

J'habite un petit pavillon, non loin d'une cité où vit Sami, celui dont je rêvais avant et qui a disparu dans le trou noir de l'été. Le bruit de la nationale vient jusqu'ici, porté par le vent, quand je n'arrive pas à dormir j'imagine les voitures en accéléré, comme une ligne de couleur. Avant je dormais entre ma mère et le chien, j'aimais leurs deux chaleurs. Je n'avais besoin que du souffle. Je n'aimais pas les mots, ce n'était pas ma vie les mots – son ventre, les côtes du chien, mes poumons –, nous avions tous les trois le même rythme ; quand j'ai grandi, j'ai dû me séparer d'elle, nos chambres sont devenues deux territoires : celui de ma solitude et celui de son plaisir. Après j'ai appris à aimer les mots, comme un fou, ils remplissaient tous mes vides. Ma mère est hôtesse de l'air, mon enfance sans elle n'était pas une vraie enfance. Souvent je disais : ma mère est dans le ciel, je ne sais pas quand elle revient. Je mettais de la mort dans nos séparations.

Son uniforme est rouge, il y a des ailes d'or

sur la poche droite de son chemisier, elle est belle, mais je ne sais rien de sa beauté, je n'en connais pas les raisons, je ne sais pas l'évaluer.

J'écoute souvent Nick Drake, le chanteur qui s'est tué, moi aussi j'ai eu envie de mourir un jour sur une plage, je regardais marcher mon père, je ne voyais pas son visage mais je savais qu'il pleurait. Je marchais pieds nus, le sable était froid à cause de la nuit. Je me souviens du bruit des vagues qui prenait toute ma tête, il y avait du monde, c'était pendant le quatorze juillet, je me souviens d'avoir tiré deux fusées qui ont transpercé le ciel ; je me sentais vide et prisonnier de la tristesse des hommes.

Ma mère dit que l'amour n'existe pas, que tout est érosion de tout, que les corps s'usent à force de se fréquenter. Elle a quitté mon père quand je suis né. Elle dit que, dans l'amour, il y a cette idée de s'occuper de l'autre. Elle, elle ne voulait pas s'occuper de mon père, ou alors elle voulait juste s'occuper de son corps de temps en temps, mais pas de lui au quotidien ; elle dit aussi que l'on n'est sûr que d'une seule chose : le sexe ; qu'il n'y a que cela qui existe, depuis toujours, que le monde est un sexe géant : des gens en vivent, et d'autres en meurent. Nous avons tous peur de quelque chose, ma mère a peur de la nuit, elle n'arrive pas à dormir seule, elle dit que c'est à cause du décalage horaire mais je ne la crois pas ; c'est toute sa peur de vivre qui se referme sur elle.

La peur est un sentiment si fort que l'on peut s'y perdre sans compter. Quand j'ai trop peur, je vais au champ de colza, c'est une masse sous la cité, je regarde la tour de Sami et je me dis que toute la vie se tient là. Il me manque des bouts d'enfance, qui deviennent des bouts de vie, parce qu'ils grandissent en même temps que moi. Mes rêves sont des villes retournées.

Quand j'entends le vent qui fait plier les arbres de notre jardin, c'est tout ce temps sans ma mère qui me recouvre, je me sens au milieu de nulle part, comme décentré de mon propre corps. Je me croyais libre au début, libre d'elle mais libre de moi aussi, puis ses voyages ont enfermé mon cœur dans le silence ; et moi j'ai enfermé mon silence dans mes fantasmes. Je pars loin dans ma tête, et ce sont toujours des garçons qui me rattrapent, leurs photos dans les magazines sont des puits sans fond, il n'y a personne qui m'attend à l'intérieur, puis le visage de Sami surgit pour me délivrer d'un mauvais rêve. Il est devenu le garçon idéal parce qu'il n'existe plus vraiment. Il a quitté ma vie et c'est comme si une plaie s'ouvrait à nouveau à l'intérieur de mon ventre. J'ai toujours aimé les hommes, c'était une façon pour moi de me délivrer de ma mère. Dans mon monde, il y avait Sami et il y a encore Ralph, qui me vend du shit quelquefois, ce sont mes deux feux dans mon sang glacé. Je rêve de l'un puis de l'autre, comme j'ai peur de l'un puis de l'autre. Avant ma mère disait que j'étais un enfant secret et que ce n'était pas la peine d'essayer d'entrer dans ma tête parce que je vivais à l'intérieur d'un coffre-fort. Je n'ai pas changé, sauf que ma mère a quitté mes secrets et que le désir a remplacé mon impatience. Je ne l'attends plus, je ne regarde plus le ciel comme avant quand je croyais qu'elle était dans tous les avions à la fois. Elle peuplait, à elle seule, tout l'espace et ses nuages.

Il pleut, la pluie est chaude et violente, il y a ce bruit sur la terre qui me fait penser à la fin de quelque chose. Quand je regarde mon enfance sur les photographies des albums, je crois regarder un pays étranger où je ne suis jamais allé. Je ne sais plus vraiment ce qu'était cette enfance, le brouillard a tout recouvert, sur les photos, ma mère est souvent seule, ou avec les gens de son équipage, au Sri Lanka, en Afrique, au Brésil. Je me demande où j'étais à ces moments-là, et surtout où j'étais dans ma tête. Je me demande si c'est là que tout commence, si c'est là que je décide de ne plus l'aimer puis de ne plus m'aimer. Je n'ai pas de souvenir de ma tristesse, juste de la maison dont les murs me protégeaient, je me sentais à l'intérieur d'un corps de pierre. C'est quand elle rentrait que j'avais peur, je n'aimais pas ses baisers, je les trouvais trop appuyés, je n'aimais pas ses étreintes, je les trouvais trop violentes, elle réparait vite son silence, comme un mécanicien, puis s'endormait dans un sommeil qui ressemblait à la mort ; il fallait tenir fermés tous les volets de la maison, il fallait retrouver toutes les nuits qu'elle avait perdues ; entre ses voyages, elle poursuivait sa vie qui ne s'emboîtait pas dans la mienne, nous n'existions pas en même temps, les jours comptaient double, les nuits s'ouvraient à la folie. Elle ne voulait pas rester seule avec moi, il fallait du bruit dans notre maison, il fallait encore rattraper le temps perdu. Il y avait toujours du monde entre nous deux. Nous n'avions pas d'histoire, nous étions comme deux amis mais je n'avais pas son âge ; à son tour elle remplissait le vide. Je n'avais pas le droit d'assister à ses fêtes, mais j'entendais des voix de ma chambre qui s'enroulaient autour de mon cou comme des rubans. Je croyais vivre une enfance différente de celle des autres mais pas une enfance malheureuse. Elle entrait parfois dans ma chambre sans frapper et j'ai toujours pensé que c'était pour me surprendre. Je faisais semblant de dormir et il lui arrivait de me serrer contre elle juste pour vérifier si j'étais encore vivant. J'aimais bien l'odeur de son parfum mélangée à l'odeur de la cigarette, elle venait d'un autre monde, le monde adulte, là où les sentiments naissent et se défont à la vitesse de la lumière. J'attendais que les gens quittent notre maison, me réjouissant de me retrouver avec elle, seul contre sa peau, mon royaume criblé de petites taches de rousseur, comme si le soleil l'avait mordue. Mais il restait toujours quelqu'un avec elle, ma mère redoutait la solitude. Tout devenait noir dans ma tête, je n'osais pas quitter mon lit pour vérifier le visage de son invité, je me sentais envahi par un liquide noir qui empoisonnait mon sang ; mon souffle changeait, je respirais à peine de peur d'avaler l'air qu'ils avaient tous les deux partagé. Je n'entendais plus rien, ils restaient silencieux, à cause de moi, et je m'en voulais d'être là, je m'en voulais de compliquer son désir. Quand elle fermait la porte de sa chambre, le vide remplissait la mienne, je me sentais absorbé par lui comme un insecte par la lumière, mais pour moi, c'était la nuit, la nuit des temps. Leur silence entrait dans la maison comme un animal, il avançait à pas de loup pour venir m'étrangler. J'avais dans mon cerveau l'image du Rien, comme la définition même de ma vie, je n'étais rien, je n'étais plus rien. Ma mère avait, depuis longtemps, coupé le cordon qui nous liait mais je me sentais encore attaché à quelque chose que je n'arrivais pas à identifier. J'avais encore de l'espoir, mais ce Rien effaçait tous nos souvenirs (rares souvenirs de sorties au cinéma, aux Étangs, au supermarché), et c'est dans ce Rien que je voulais mourir parce que s'y trouvait son image nue. Puis je trouvais un moyen de remplir ce Rien, de chasser ma mère de mes pensées et surtout de chasser son image sexuelle qui faisait de moi un garçon hors la loi. Je ne pouvais pas la garder à l'intérieur de moi, j'avais peur de voir naître mon désir puis le rejet de ce désir.

J'ai décidé de m'éloigner de ma mère en fumant des sticks de shit, je connaissais la dose suffisante pour la quitter et partir sur un autre continent. Je vivais sur une île déserte, la drogue ouvrait mon cerveau à d'autres choix, je ne me sentais plus seul, mais serré par des rêves que j'avais moi-même construits. Je n'étais plus l'enfant secret, j'étais l'enfant qui s'abîmait. C'était simple de me droguer, je devais le porter sur moi, puisque Ralph, le dealer du quartier, m'avait choisi parmi tous les garçons qu'il croisait dans la rue. Ma mère avait plusieurs masques parce qu'elle ne voulait pas de moi dans son histoire. Nous n'avons jamais fait connaissance. Il lui arrivait parfois de se confier à moi, tard dans la nuit, quand elle n'avait réussi à retenir personne. Je ne la retrouvais pas puisqu'elle dressait entre nous l'image de sa propre mère comme pour se protéger de moi. Ma mère vivait avec un intrus qui ne pouvait la guérir de son passé. Je sortais de mon lit pour l'écouter, elle ne me parlait pas, elle s'adressait à sa colère. Sa mère avait perdu depuis peu la mémoire et emportait avec elle tous les secrets de son enfance ; je l'écoutais, certain d'apprendre sur ma vie, puisque dans mon sang courait sa haine de petite fille ; j'avais acquis un héritage malgré moi. J'étais riche d'une histoire que je m'appropriais puisqu'il s'agissait d'une histoire d'amour. La mère de ma mère s'était laissée, lentement, aller à la folie après la mort, brutale, de son compagnon, faisant de sa fille tantôt une ombre, tantôt une survivante. Ma mère n'a jamais vécu avec son père, ou si peu, mais avec son souvenir, qui grandissait avec les années comme un arbre que l'on chérit. Elle avait choisi son métier pour installer des kilomètres d'océan entre elle et son passé mais une nouvelle défaillance de sa mère la ramènerait sur terre, contre terre, à son chevet. Les fantômes étaient de retour, ma mère sombrait. Il m'arrivait de me rendre avec elle à la clinique où elle avait fait interner sa mère pour sa sécurité, et pour sa liberté à elle ; j'étais présent parce qu'elle avait peur de l'affronter et, par le jeu d'une superposition d'images, je revisitais l'enfance de ma mère, près de cette grand-mère qui me prenait la main sans me (re)connaître. J'aimais ma position, à ses yeux, j'étais quelqu'un de neuf qu'aucune histoire n'avait réussi à transpercer, je devenais moi aussi un survivant. Puis ma mère décida un jour de ne plus aller la voir, c'était comme décider de rayer son enfance, elle devint orpheline et sans histoire et je me sentis comme pris au piège de nos propres reflets. Je ressemblais à ma mère, je voulais quitter ma prison qui avait d'abord été la sienne, nous avions posé un miroir entre nous. Je me jurai de quitter son image.

Les sticks de shit ont commencé à changer mon sang, puis l'amour a scellé cette conversion. Sami, un garçon du lycée qui portait en hiver des survêtements blancs et en été des shorts rouges, se retrouva malgré lui au cœur de mon obsession ; il ne remplaçait pas ma mère, il m'en protégeait. Je construisais une (fausse) histoire autour de lui, interprétant chaque signe que je reliais à l'amour, ou à mon délire amoureux. Je le guettais à la sortie du lycée, je le suivais jusque chez lui, je le prenais de loin en photographie, mais je n'arrivais jamais à capturer ce visage qui me renversait tant. À force d'attendre, je parvins à faire sa connaissance, à le suivre jusqu'aux Étangs, à monter sur son scooter, à m'inviter chez lui, dans sa chambre, à admirer ses posters de Bruce Lee qui semblaient sortir du mur quand je les regardais pendant trop longtemps. J'appris son odeur, le grain de sa peau, le son de sa voix, son degré de patience, la mesure de sa force, que je rapportais chez moi comme des éléments précieux à la construction d'un rêve. Je me donnais du plaisir avec une ombre.

Il fait encore jour, le ciel est sans soleil mais sa couleur est jaune comme s'il y avait eu une explosion atomique, ma mère est en vol, j'entends le portail claquer mais je sais qu'il n'y a pas de vent, je n'ai pas peur, je n'ai plus peur, depuis que Sami a disparu je sais qu'il y a des choses que je ne peux pas réparer, c'est comme avec ma mère, j'ai décidé d'accepter tous les vides de notre histoire, il n'y a rien à faire parce qu'il n'y a rien à remplir.

Je suis sur les marches de notre jardin, le ciel est tout ouvert au-dessus de moi et c'est comme s'il ouvrait ses bras pour me porter, je ne me sens pas seul et pourtant, quand je me regarde de l'intérieur, je me dis que je suis le garçon le plus seul au monde, je n'ai pas de pitié pour moi, j'aimerais juste sentir la peau de quelqu'un sur ma peau, des lèvres sur mes lèvres, puis un ventre bien dur sur mon ventre. Quand je pense aux hommes en général, je sens une implosion dans mon corps, au début je suis heureux parce que ce n'est pas commun, et puis après j'ai l'image d'un océan de lait dans lequel je me noie, je me dis que le chemin va être long. Je vais rejoindre Ralph au champ de colza. Je pourrais me faire tuer là, personne ne m'entendrait crier, ma mère ne sait pas où je suis et moi non plus je ne sais pas où elle est ; je retiens de moins en moins son planning, toutes ses destinations sont devenues les mêmes, le temps de ses absences n'est qu'un temps qui passe ; je me détache d'elle comme un fruit mûr de son arbre. Je pense à mon père, dans le Sud, qui dort la fenêtre ouverte pour faire entrer le bruit des vagues dans sa chambre. Il dit que la mer lui fait aimer la vie parce qu'elle change tous les jours et que c'est comme si ça changeait sa tête à lui ; moi, mes vagues sont chimiques.

Ralph a la peau comme des écailles, il restera dans ma main pour le restant de la journée ; j'aurai beau me laver, il sera encore là quand je me donnerai du plaisir. Avant, le visage de Sami dans le soleil m'évoquait un globe de verre, je pouvais voir tout le paysage le traverser, puis je pouvais voir mon propre visage s'y refléter.

Je ne pleure jamais d'avoir perdu Sami, parfois j'ai envie et ça ne sort pas ou ça ne peut pas sortir. Ma mère ne m'a jamais vu pleurer, à force, mes larmes n'existent pas ; c'est pour cette raison qu'elle dit que j'ai une pierre à la place du cœur et qu'elle n'aura jamais confiance en moi. J'ai reçu un colis de mon père, un petit livre, il a écrit sur la première page que ce livre pouvait donner un sens à la vie de chacun. Je l'ai lu vite, au soleil, j'ai bu de la bière et les mots entraient dans mon sang en même temps que l'alcool, après j'ai marché dans les rues de notre quartier (le labyrinthe), j'ai longé toutes les maisons de brique, tous les jardins étaient vides et ça m'a fait penser à un village qu'on aurait vidé de tous ses habitants à cause d'une épidémie. Dans le livre, on dit qu'il ne faut pas essayer de changer les choses qui sont à l'extérieur de nous, comme la richesse et le pouvoir. J'ai réfléchi à ce que je possédais vraiment, j'ai pensé à mon corps et c'est devenu flou dans ma tête, parce que, en fait, je ne possède pas toujours mon corps, parfois c'est lui qui me possède, et puis je peux me défaire de cette possession, je peux le donner, en rêve, à un inconnu.

Je me sens frappé par le soleil et je prends du shit pour m'envelopper dans un foulard de soie et m'endormir, sous l'arbre de notre jardin. Parfois, j'aimerais quelque chose de plus fort que mes sticks, quelque chose qui me ferait partir loin, dans les replis de mon cerveau, là où peut-être l'idée du bonheur commence à germer. LOIN, c'est le mot qui me définit et qui définit toutes mes relations. Je me sens loin de mon père qui s'endort avec les vagues, loin de ma mère qui regarde un autre ciel que le mien, loin de ma grand-mère qui ne se souvient plus de mon prénom. L'histoire a glissé sur elle et je crois qu'elle glisse sur moi, tous mes silences deviennent trop lourds à porter. Je me sens loin de Sami que je n'ai jamais eu à moi, il était comme une étoile dans le ciel qui coupait la trajectoire de ma mère. Je me sens flotter dans l'air, ma vie est faite de portes qui s'ouvrent sur d'autres portes, et ça se répète à l'infini, je ne sais rien de mon avenir ; je rêve d'un homme contre moi, je rêve de cette chaleur, je ferme les yeux, il y a des bulles dans mon sang, ma peau est chaude, mon ventre se durcit, mon sang est en train de noyer mon cœur, je veux juste que l'on m'embrasse.

Je voudrais dire à ma mère que je me sens triste depuis toujours, que je pourrais la dessiner, cette tristesse, en faire un schéma précis, comme un plan, avec une entrée, une sortie, et que c'est difficile de l'oublier, cette tristesse, elle pèse des tonnes, elle file dans mon sang et s'en nourrit, ce n'est pas juste à cause du monde qui m'entoure, dans lequel je vis, ce monde que je n'aime pas, ce monde qui me dit que tout est possible alors que rien n'est possible, parce qu'il faut une drôle de force pour s'en sortir, et que cette force n'est pas humaine ; je ne crois pas aux promesses de la vie. Je n'ai plus de rêves et cette tristesse me dépasse tellement que ma défonce n'est rien comparée à ce géant froid. J'ai peur de ressembler à ma mère, j'ai peur d'avoir écrasé mon cœur sous la même pierre.

Le jour se lève, je suis dans notre jardin, bien au centre, comme si des ovnis allaient venir me chercher et m'emmener dans un monde où l'on n'a pas besoin d'amour pour exister. Mon père a laissé un message sur le répondeur, il dit qu'il s'inquiète pour moi, quand j'entends sa voix je me souviens que je suis aussi un fils et pas juste un garçon qui se défonce alors j'essaie de me souvenir des images de mon enfance, où j'avais la place du fils, le dimanche, à Noël, en vacances, mais rien ne vient, c'est toujours cette ombre qui plane au-dessus de moi, toujours ce sentiment de savoir qu'on avance seul dans la vie, qu'il ne faut compter sur personne, sinon on est toujours déçu. Sami est resté en hiver, nous ne partageons plus la même saison. Quand je pense à lui, je saute d'un avion sans parachute, je tombe à pic, et je ne sais pas qui viendra me relever. Sami ne sait pas qui je suis vraiment et quand je pense à ça, ça me retourne le cœur, je lui ai menti pendant un an, je me dis que je suis comme ma mère, que j'ai une part d'ombre en moi et qu'elle s'élargit avec le temps. Un jour mon père a dit que ma mère l'avait quitté parce qu'il n'aimait pas assez la vie, qu'il y avait ce malheur au fond de ses yeux qu'elle ne pouvait plus supporter, ça faisait écho à son propre malheur, elle disait que ce n'était pas bon pour elle, pour son esprit, qu'il lui fallait quelqu'un de fort à ses côtés pour ressouder ses failles. Je ne sais pas si l'amour c'est la fin du vide, la fin de la solitude, la fin du vertige. Je ne sais pas si l'on peut exister sans ressentir de l'effroi, et je ne sais pas, de toute façon, si l'amour existe vraiment, si ce n'est pas juste une invention des gens pour avoir moins peur de la vie. Je ne vois plus Sami et c'est comme si je m'endormais tous les jours dans ma tombe, je me sens pareil à un chien perdu. Quand je suis vraiment défoncé, je lui écris des lettres, que je ne lui envoie pas. Je deviens moins inquiet alors, il entre dans ma coupole étoilée. « J'ai rêvé de ta peau qui passait à la mienne, je me sentais bien en toi, sur toi, tout autour de toi, j'étais dur, j'étais doux, j'étais le monde et l'absence du monde, nous n'avions plus de temps, plus d'espace, nous étions tout le temps, tout l'espace, j'entendais loin de nous la neige tomber dans un autre jardin que le mien, je sentais tout le feu de l'été nous pénétrer, nos sangs montaient ensemble, du cœur à la tête comme deux flèches empoisonnées, nous échangions nos salives, je me sentais plus fort parce que je pouvais te regarder de l'intérieur, le ciel n'était pas bleu, il était rouge comme le sont nos veines qui se croisent, nous nous sommes perdus l'un dans l'autre, puis nous avons retrouvé notre histoire. Marche sur ma ligne Sami, marche sans nous faire tomber. »

Avant j'allais à la rampe faire du skate, je m'y rendais tous les jours ; je me sentais comme un oiseau ; je n'avais pas peur, j'aimais le bruit du roulement à billes qui me faisait penser à celui du barillet d'un pistolet ; j'avais cette idée de me brûler la tête ; je croyais que le ciel me protégerait de tout puisqu'il contenait ma mère, comme une boîte, immense, où j'avais déjà mis tous mes jouets ; j'ai le souvenir de l'enfance mais je n'ai pas le souvenir d'avoir été un enfant, il me manquait des parts de rêves ; le shit fait revenir ces rêves, je me replie dans une spirale de coton, je quitte la terre. Dans mes magazines, il y a des posters de garçons nus que je déplie parfois sur moi pour en faire des miroirs de papier. Ma réalité est composée de plusieurs couches, chaque fois que je retire un paysage, chaque fois je découvre un nouveau monde. Cet hiver, j'allais voir Sami au stade sans qu'il le sache, son corps apparaissait comme un point de feu sur la pelouse, j'étais obsédé par son ventre, par ses cuisses, et c'était comme s'il me portait sous son maillot ; j'avais investi Sami, je vivais en lui, au rythme de ses souffles et de ses accélérations ; puis avec le shit, c'est lui qui venait sous moi, pour retrouver sa place. Dans le quartier, il y a une voiture de police qui patrouille à cause des cambriolages, alors que c'est moi qu'on a volé, je me sens dessaisi de mon trésor.

Ce matin, un homme cherchait ma mère, il a sonné au portail, je l'ai laissé entrer, je me suis dit que je ne craignais rien, que j'étais mon propre danger. Il portait un polo bleu marine avec un jean et des baskets, il devait avoir l'âge de ma mère mais il ne faisait pas vieux, il était tout l'inverse de mon père, il semblait joyeux d'être ce qu'il était, là, devant moi, dans la lumière du soleil qui faisait une couronne au-dessus de sa tête. Il a dit s'appeler Alex, vivre en Angleterre et connaître ma mère depuis longtemps. J'ai pensé qu'il avait dû être l'un de ses invités, dans les marécages de mon enfance. Il parlait vite et fort mais je n'écoutais pas son histoire, je regardais ses épaules, sa mâchoire, je voulais sa force. J'étais torse nu à cause de la chaleur, lui aussi m'a regardé, après il m'a dit que j'avais beaucoup changé, mais moi je n'avais aucun souvenir de lui, rien, le néant, alors je me suis dit qu'il mentait mais j'aimais bien ça, j'ai fait celui qui ne comprenait pas, il est entré dans la maison, il a regardé une photo de ma mère en uniforme, après il a bu au robinet de la cuisine et j'ai trouvé ça sexe parce qu'il avait une grosse bouche, puis il a mis tout son visage sous l'eau et j'ai pensé à Sami quand il plongeait à la piscine municipale, laissant derrière lui une traînée blanche qui ressemblait à du coton. Il avait encore soif, je lui ai offert une bière, on s'est assis tous les deux sur l'escalier du jardin, je ne savais pas quoi lui dire mais je ne me sentais pas mal à l'aise, sa voix me rappelait quelque chose, j'avais envie d'un stick, je crois qu'il m'excitait un peu, et je me suis dit que j'étais un garçon facile. J'étais excité à l'idée de le prendre à ma mère, j'avais envie de marcher dans ses pas, de salir ce qu'elle avait désiré et de remonter vers sa jeunesse, pour comprendre nos silences. Puis je me suis senti dégoûté de moi-même, j'ai pensé que j'avais peut-être envie de ma mère en secret, que c'était à cause des sticks, et qu'à force, ma tête me jouait de mauvais tours. On est restés dans le jardin, tous les deux, il voulait attendre ma mère et j'ai pensé que c'était comme attendre la nuit parce que je n'ai pas tout de suite dit qu'elle était en vol pour quelques jours. Quand il est parti, ça a fait un vide dans mon ventre et je n'ai pas très bien compris pourquoi. Sami a fait un trou dans mon été, et tous mes jours sont aspirés par son image, tout va vers lui et c'est comme un soleil froid ; je ne me réchauffe pas à sa pensée, ma chair est si dure qu'elle en devient coupante.

Ma mère a fini sa rotation, elle dort depuis de nombreuses heures et c'est une façon pour elle de vivre une autre vie. Ma vie ne croise pas la sienne, nous nous tenons à distance, pour nous protéger l'un de l'autre. Je profite de son sommeil pour éclater en mille morceaux les images de ma tête, je suis un kaléidoscope. Le téléphone sonne dans le vide, je ne réponds pas, je n'attends personne, je plonge dans le shit et mon cerveau se décolle de moi, de mes os ; ma mère n'en sait rien, une vitre incassable nous sépare tous les deux. Je lis de la poésie, mais les mots ne sont pas assez nombreux pour me construire une autre histoire que la mienne. Quand je regarde le ciel, je pense que j'aimerais me fondre aux nuages, j'aimerais partir d'ici, j'aimerais prendre un train vers un pays que je ne connais pas ; parfois, quand je suis loin dans ma tête, j'ai envie de recouvrir les murs de ma chambre de posters de mecs. Ils formeraient comme une vraie famille qui me regarderait ; une famille dont je ferais partie. Quand je pense aux hommes, je pense à des corps serrés les uns contre les autres comme les bouleaux d'une forêt blanche ; des corps si serrés que la lumière ne peut pas passer. Parfois, je me force à regarder vers le ciel pour que mon cerveau imprime l'idée de la lumière, je me sens menacé par l'ombre, puis la peur des hommes explose, je les imagine à la gare, sous un pont, dans une forêt, prêts à me prendre, à me dépecer, à ouvrir mon corps qui contient tous mes secrets. Je reviens à l'amour avec Sami. « Il m'arrive de croire que tu respires le même air que moi, que ton chemin te conduit à mon chemin, que le vent te ramène dans le jardin désert de ma maison ; il m'arrive de croire que l'amour existe enfin dans le nouveau pays que tu traverses. »

Alex revient, ma mère est là, je n'ai rien dit sur sa visite, elle le reconnaît tout de suite puis le prend dans ses bras, je n'ai jamais vu ma mère comme ça avec un homme et je pense qu'elle a une autre vie loin de moi, dans ses voyages, et je sens un torrent monter en moi, un torrent de larmes sèches. Je suis dévasté par une émotion dont on ne peut mesurer la force tellement elle est intense, j'ai envie de quitter cette vie qui est avant tout la vie de ma mère, qui n'est que sa vie, immense, dans laquelle je me perds comme un point. Je ne veux pas poser de questions sur Alex, je ne veux pas savoir, je ne veux pas être lié à l'histoire de ma mère comme je ne veux pas qu'elle soit liée à la mienne, chacun doit garder sa place, la mienne est floue, mais j'y tiens ; ça me rend fou quand j'ai l'impression que l'on veut entrer dans mon monde, parce que la minuscule part d'amour de moi-même s'y trouve peut-être. Ma mère offre (comme moi la dernière fois) une bière à Alex, et je pense à la multitude de gestes que chaque humain accomplit, je pense aux immeubles, aux étages, aux appartements, je pense à toutes les petites maisons de brique qui forment notre quartier, je pense à la ville qui me semble si loin, aux gens de la ville, qui eux aussi ont les mêmes gestes que moi, et je me dis que nous sommes tous constitués de la même façon, que nous avons tous les mêmes cris de peur et de jouissance et que nous ne formons qu'un seul cœur, à nous tous, un cœur qui peut éclater à tout moment.

La vie est un entassement, nous avançons tous, au même pas, dans la même direction, et ça m'angoisse de penser ça, c'est comme si je perdais l'idée de la liberté. Je me sens attaché mais je n'entends pas mes chaînes qui traînent. Avec Alex, ma mère ne me voit plus, il y a un cercle naturel autour d'eux, que je ne veux ni ne peux franchir ; le shit a durci mon sang, je me sens comme une pierre sous le soleil, la terre s'ouvre sous nos pieds, je veux Sami, je veux sa salive, je veux sa sueur, je veux son sperme, je veux que mon sang circule enfin, je veux un homme en moi pour savoir qui je suis. Puis j'ai envie d'appeler mon père, d'entendre sa voix puis de me coucher dans ses silences comme un animal dans les herbes hautes de la campagne. Puis je pense à Sami, je me dis qu'il m'abandonne et que c'est peut-être ça que j'inspire chez les gens : l'abandon. Après j'ai pensé qu'il lui était peut-être arrivé quelque chose et j'ai eu peur, j'ai eu l'image de ses cheveux collés par le sang. L'été est une saison dangereuse. Ma mère s'enferme dans sa chambre avec Alex, ils parlent d'argent, mais je n'en suis pas sûr ; je pense encore à mon père, à ses mandats qui me servent à acheter mon shit, je me dis que tous les hommes seront à l'origine de mon plaisir.

Je regarde la photo de ma mère en uniforme, dans le salon, j'ai envie de la fracasser contre le mur, mais je n'en fais rien, anesthésié par ma violence qui ne sort jamais de moi ; je prends une bière, je quitte la maison, j'ai chaud dans ma tête, je me calme, lentement, je me défais de ce que je suis (un mec qui tourne en rond), j'ai attrapé l'été comme une maladie, mon cœur est un brasier. J'escalade le mur de la maison rouge qui fait l'angle, les voisins sont partis depuis une semaine, il y a un grand jardin avec un système d'arrosage qui fait le bruit d'un serpent, je reste sous la pluie fine qui balaie la pelouse, je me sens perdu et prisonnier de ma solitude. Je regarde sous un arbre une balançoire qui bouge ; il n'y a aucun souffle, je sens le parfum de la terre mouillée qui monte dans l'air, je me dis que l'odeur du sexe de Sami doit lui ressembler. Je vais sur la tombe de notre voisine, morte l'année dernière, le cimetière est près de mon lycée, sur la stèle, il y a écrit « Parmi les Anges » ; Sami était un ange dans la nuit de mon hiver et il est parti en emportant la lumière avec lui. J'ai le vertige, à cause de la chaleur, à cause du silence qui fait comme un puits, à cause de l'idée de la mort qui a noyé toutes les autres idées de mon cerveau. Puis je vais à la salle de jeux ; je choisis un simulateur. Je balaie tout avec mon fusil-mitrailleur, l'image de l'écran devient rouge, puis je vois des rayures noires tout autour de moi, j'ai envie de pleurer, mais je reste sans larmes, je me sens sous le vrai monde, j'ai quitté la marche de la terre. Avec Sami, je me baignais aux Étangs, je nageais derrière lui pour être sûr de suivre le sillage de son corps, j'étais son ombre inversée. Il nageait vers la ligne des bouées, je plongeais pour le voir en négatif, comme un corps qu'on aurait retourné.

Alex est torse nu dans le jardin, il est musclé, je pourrais baiser son torse sans avoir de dégoût ni de honte, il boit un verre de vin, et je me dis que c'est un verre de mon sang. Les rayures noires reviennent puis s'effacent, mon cerveau est une ardoise. Ma mère a mis un disque de son musicien préféré, Bill Evans ; tout est trop fort pour moi, la musique, les mots d'Alex, puis les bras de ma mère qui me serrent ; je me sens dans un donjon. J'ai envie d'un stick pour ne plus être dans la réalité, dans leur réalité, celle de leurs deux corps qui dansent sans moi ; j'ai envie d'un stick pour faire remonter tout ce qu'il y a à l'intérieur de moi, pour remplir le silence ; j'ai envie d'un stick pour sentir mon sexe, pour me sentir en vie, pour me noyer dans les images des magazines ; j'ai envie d'un stick pour me faire une autre vie, dont j'aurais choisi les limites et les sillons. Je me sens vide et orphelin, orphelin de moi-même puisque je ne sais plus qui je suis ; le vent vient, il se pose sur ma peau et je pense à la peau de Sami qui est aussi douce que la mousse des forêts. Sami n'est plus dans ma vie, le champ de colza a séparé nos espérances. Je ferme les yeux, son image est un fantôme. Il plane au-dessus de moi, porté par les particules de l'air. Sami est un oiseau. Sami est un avion. Sami est un nuage. La nuit arrive sur moi comme un voile, je regarde Alex ouvrir le portail, ma mère le suit, ils ont l'air un peu défoncés d'alcool, je n'entends plus le vent, je n'entends plus leurs rires, je n'entends plus la musique, je n'entends plus le petit bruit de la vie qui avance. J'entends mon sang qui est aussi composé du sang de ma mère. Je repense à mon voyage au Viêtnam avec mes parents ; j'y pense comme à un événement qui ferme mon enfance. Nous sommes partis tous les trois et je me demande encore pourquoi, puisque mes parents ne vivaient plus ensemble depuis longtemps. Nous jouions la comédie de la famille et ça me donnait l'angoisse des chairs, je me sentais nu au bout d'un fusil. Ma mère dit que c'était pour me protéger, à l'école, on commençait à s'interroger sur mon cas, certains élèves affirmant que ça ne tournait pas rond à l'intérieur de ma tête ; je nageais dans mon silence, seul le ciel comptait puisqu'il portait ma mère. J'étais parti en classe de poney, juste avant, et sur les films du voyage le professeur disait avoir traqué ma solitude qui pourrait devenir un frein à ma vie plus tard. Alors nous sommes partis, j'avais envie de mourir, je n'avais pas peur du crash, j'avais peur de mes parents, réunis. Ma mère nous avait demandé de porter nos costumes : elle travaillait, nous étions en première classe et il ne fallait pas lui faire honte. Je crois que j'ai bu du champagne mais je n'en suis plus très sûr, en tout cas j'avais déjà l'esprit de la défonce, je me sentais mal assis près de mon père, j'avais envie de fuir mon corps qui était trop près du sien, j'avais envie d'inverser mon sang qui m'attachait à sa peau, j'avais envie de me blottir dans un rêve qui m'aurait arraché à sa voix puis à la voix de ma mère. Le ciel s'ouvrait, je regrettais le jardin duquel je le contemplais chaque jour comme un tableau trop cher pour moi. Ma mère a dit que les voyages sont une vraie richesse, car ils changeaient notre point de vue sur le monde ; moi je préférais lever la tête plutôt que regarder autour de moi, je me sentais aspiré par quelque chose qui dépassait toute ma vie. Après l'avion, je me souviens d'un bus, d'un pilote qui me donne sa carte de vol, des hôtesses qui portent toutes le visage de ma mère comme un masque (maquillage, lunettes de soleil, cheveux tirés), de mon père triste et endormi, perdu dans ses pensées qui devaient, j'en suis sûr, tenir prisonnier le corps de ma mère. Il y avait cette humidité partout, j'étouffais, de ce climat, de mes parents, de mon corps que l'on avait déplacé sans me demander mon avis. Quand nous sommes arrivés à l'hôtel, nous n'avions qu'une seule (grande) chambre avec deux lits, je me souviens de la colère de ma mère qui ne voulait pas dormir avec mon père. Elle a eu cette phrase : « Je préfère encore dormir avec Jérémie. »

Je me souviens d'avoir surpris mon père en train de la regarder dans son bain, puis de leur dispute et de ce mot – désir – qui revenait sans cesse ; c'était rouge dans ma tête. Je suis sorti sur le petit balcon attenant à notre chambre, il y avait, juste sous moi, comme dans les reflets d'un mirage, des enfants qui jouaient dans un fleuve avec un singe portant une ficelle autour du cou (je garde cette image comme on peut garder le souvenir précis d'un rêve qui fait peur). L'eau dessinait une robe de pluie tout autour des enfants qui sont devenus flous – mes larmes étaient montées d'un coup.

C'est la dernière fois que j'ai pleuré ou que je me souviens d'avoir pleuré. C'est loin, si loin, et je regrette ce temps, j'avais encore un peu d'espoir au sujet de la vie et des relations entre les humains. J'étais innocent. Je me souviens aussi que le ciel n'était jamais bleu, c'était sombre, partout, c'était noir, partout, et tout ce noir se déversait sur le paysage, j'avais peur mais ma mère n'en savait rien, elle cherchait son sommeil alors qu'il faisait encore jour, et c'est là que j'ai compris que sa vie blessait la mienne au rasoir, nous n'existions pas au même moment.

J'avais dans la bouche un goût de terre qui emportait tout. Quand ma mère s'est réveillée, elle a voulu visiter l'orphelinat de la ville, comme pour se laver de sa méchanceté. C'était son obsession, les enfants sans mère, les enfants sans père, les enfants mutilés, les enfants malades ; ces enfants qui ne me ressemblaient pas.

Alors nous sommes partis, tous les trois, sur la route, et j'ai pensé que nous étions trois orphelins à notre tour, nous étions sans amour. Je marchais sans savoir ce qui m'attendait, peut-être pensais-je que c'était un nouveau jeu ? Je me souviens de ne jamais avoir été dans la réalité et je crois que c'était une façon de me protéger de la folie de ma mère qui m'obligeait à regarder une fille à la jambe ouverte. Je garde l'image de son os blanc puis du sang rouge sur sa peau un peu grise ; je pensais alors que je saignais aussi, mais que cela ne se voyait pas. Ma mère a dit le soir qu'elle m'avait obligé à regarder pour que je me fasse une idée de la vraie souffrance.

Le désir est une façon de me protéger ; quand je désire Sami, je me sauve de ma mère, et quand je désire les hommes en général, je me sauve du monde qui ne me convient pas, rien ne parle de moi ici, rien ne fait écho à mon silence ; avec Sami, je me sentais dans un monde sans parois, tout passait de lui à moi comme un cadeau. Alex s'est endormi dans le jardin, ou il fait semblant de dormir, il sait que je le regarde, il doit savoir que je le désire un peu, comme ça, parce que c'est un homme, parce que son corps prend tout ici, comme une idée fixe que je partage avec ma mère. Le shit me fait décoller, l'été a quitté mon corps, il est ailleurs, derrière le champ de colza, là où les tours de la cité se dressent comme des murs de ciment ; je pense que l'on est seul au monde et que le paradis n'existe pas. J'ai le ventre dur, j'aimerais être dans les bras d'un autre pour pouvoir dire un jour : Je crois que j'ai existé. « Cher Sami, tu descends au fond de moi comme un liquide, puis comme un solide qui reste là pour me rappeler ton corps qui fond sous les pluies d'été. Je ne sais rien de ton histoire. Je ne sais rien des empreintes que tu laisses chaque fois que tu te déplaces. Sais-tu que la matière absorbe nos ondes magnétiques ? Je pense aux milliers de petits points argentés qui brillaient sur ta peau quand tu remontais sur le ponton des Étangs, le corps serré par le froid puis par mon regard. Il n'y a pas de vie nouvelle, Sami, non, il n'y a pas de vie nouvelle, je me fixe à ton souvenir et je perds mon ombre dans les eaux noires. » Ma mère allume des bougies, elle ne me regarde pas et c'est ça mon problème, elle ne m'a jamais regardé, elle ne s'est jamais retournée sur moi ; se retourner, c'est vérifier que l'on n'a rien oublié, se retourner c'est dire, oui, je t'aime encore, se retourner c'est donner de l'estime à l'autre qui vous regarde ; alors moi, mon estime s'est perdue dans la nuit des temps. Je sors dans la rue, tout est vide autour de nous. L'été est un cimetière. Je reviens vers ma mère, je ne sais pas pourquoi, je n'ai pas envie d'être seul, mais je me sens encore plus seul quand je la regarde ; elle s'est habillée, coiffée, maquillée, elle ressemble à une femme qui a envie de quelque chose de particulier, que sa nuit se transforme en feu d'artifice, une femme qui a envie d'être emportée vers des rives inconnues ; ou peut-être qu'elle ressemble à une femme amoureuse, mais moi je n'en ai jamais vu de femmes amoureuses, je ne sais pas comment elles sont ni ce qu'elles attendent, à part dans les séries américaines, mais la télévision n'est pas la vérité ; ou alors c'est à moi qu'elle ressemble, elle est prête à tout pour faire semblant de croire à l'amour. Alex a le ventre musclé parce qu'il fait de la boxe, sa peau est dorée, elle doit bien prendre le soleil comme lui doit bien prendre le plaisir, c'est important de savoir prendre le plaisir, c'est comme la vie, le plaisir. Il va vers ma mère qui lui ouvre les bras et je me souviens de ses retours quand elle ouvrait le portail, que je me jetais sur elle comme un animal, elle avait cette odeur si spéciale qui me faisait dire : « Tu sens l'avion. » Quand je les regarde, je ne suis pas sûr de leur désir, je suis gêné, je me dis qu'ils se font des films, qu'ils revivent un secret de leur jeunesse mais qu'ils ne baiseront jamais ensemble. Le sexe, c'est ce qui me sépare de ma mère, c'est notre frontière infranchissable qui fait juste, à cause de ça, du sexe, qui fait de moi son fils et d'elle ma mère ; le sexe c'est un labyrinthe que je parcours dans ma tête et au centre duquel Sami s'est perdu. Le reste, ce qui fait de moi le fils de ma mère, s'est dispersé dans les nuages au fur et à mesure de ses départs. Je n'ai plus d'éléments qui me prouvent notre lien, je n'ai plus de sentiments. La cité plonge dans la nuit et Sami se cache derrière le silence de l'été. Quand je rêve de lui, il a parfois mon visage et parfois le visage d'Alex. Dans mes rêves, nous fumons du shit aux Étangs ou dans sa chambre, sur son lit, sous les posters de Bruce Lee. Souvent, il me dit qu'il est excité, mais, même dans mon rêve, je sais que son désir n'est pas pour moi. Un jour, Sami m'a dit qu'il se sentait si dur sous son ventre qu'il avait l'impression que tout son corps était pendu à son sexe ; que c'est lui qui décidait de ses déplacements.

Alex dort de plus en plus souvent chez nous, mais ma mère ne l'invite pas dans sa chambre. Il dort sur le canapé et il m'arrive de l'espionner, je trouve qu'un homme qui dort est un homme qui a perdu sa force. Un homme qui dort est un homme blessé. Un homme qui dort est un homme qui me ressemble. Il dort sur le canapé, en slip, il a le corps fort et poilu, j'ai du mal à l'imaginer avec une femme, je m'imagine bien contre lui, entre ses jambes, sous son ventre. Je n'ai pas peur quand je pense à ça. Alex n'est pas un inconnu, il est un peu dans l'histoire de ma mère et donc un peu dans la mienne, même si nos vies ne se répondent plus depuis longtemps. C'est toujours cette histoire de sang qui revient, ma mère file dans mes veines alors que son sang est vierge du mien, il faudrait nous mélanger pour nous apprendre enfin. Alex est en vacances chez nous et je ne demande rien. Il regarde des dessins animés à la télé. Il mange des céréales. Il veut de la mousse dans son bain. Alex devient parfois l'enfant de ma mère mais pas l'enfant que j'ai été. J'ai envie de m'exploser la tête, j'ai envie d'oublier ce qui m'entoure, j'étouffe ici, j'étouffe de ma mère, d'Alex, du manque de Sami. Sami, mon ange envolé. Sami, mon feu froid. Sami, le souvenir de sa peau. Sami dans une traînée de poudre quand il nage. La jeunesse est un état sauvage ; je pourrais presque mourir pour lui, en tout cas m'effacer de la vraie vie. J'ai inventé l'amour. Dans l'enfance, ma mère m'achète un réveil noir avec des chiffres rouges à cristaux liquides. Elle dit que c'est pour me responsabiliser ; je me prends en charge. Je me réveille seul quand elle continue à dormir, son sommeil est un pays noir. Je prépare mon petit déjeuner, je m'habille et puis j'entre dans sa chambre, je la regarde une dernière fois pour être sûr qu'elle existe, pour être sûr que moi aussi j'ai une mère, et quand je dis avoir une mère, je ne veux pas dire posséder une mère puisque, elle, personne ne la possède, je veux dire avoir une mère dont les nom et prénom sont inscrits sur ma fiche d'état civil. Et quand je ferme le portail derrière moi, je rêve de me faire enlever pour que sa vie soit emportée par un torrent de larmes. Parfois je pense que Dieu me regarde et ça m'empêche de me donner du plaisir, puis, si je réfléchis, c'est toujours ma mère qui me regarde. Dans l'enfance, elle dit : « J'espère que tu aimeras les femmes plus tard. » Je ne comprenais pas ce que voulait dire ce plus tard, je n'arrivais pas à me projeter dans l'avenir, je n'arrivais pas à me dire que je quitterais un jour mon état pour changer, pour devenir un autre, parce que plus tard était déjà là, j'étais déjà dans la vie, le cœur pris dans une histoire.

Je vais avec Alex au supermarché. Il pourrait être mon grand frère, même s'il a l'âge de ma mère, je ne me sens pas écrasé par lui, je me sens à égalité et je ne sais pas trop pourquoi. La chaleur tombe sur nous comme un bloc de ciment, Alex conduit la voiture de ma mère, elle lui a donné les clés, elle lui fait confiance, je n'arrive pas à savoir ce qui les lie, c'est étrange de penser qu'elle a une vie cachée sous sa vie ; moi, j'avais Sami avant. Je le voyais comme un double puis comme le garçon que j'aurais pu devenir si j'avais eu une autre histoire. Il semblait parfois glisser de ma peau comme si mon désir l'avait façonné à mon image. Ma mère a du succès auprès des hommes, elle dégage quelque chose de sexuel, c'est étrange pour moi de penser à ça, c'est comme si j'avais testé son effet sur ma propre chair. Parfois, je me dis qu'elle a peut-être une autre famille, en Afrique, au Japon, en Amérique latine, là où je n'irai jamais. J'ai le vertige quand je pense à ça, c'est comme si elle trichait au jeu. Aux échecs. Avant, elle n'y jouait qu'avec moi. Alex conduit vite parce que les rues sont vides, le parking est désert, c'est comme s'il y avait eu la guerre, nous sommes les deux seuls derniers survivants ; parfois je suis terrifié à l'idée de ne pas survivre à ma mère. Quand je marche près d'Alex, je peux fantasmer sur son image, mais je sais que, au bout de mon rêve, survient Sami qui pointe son doigt sur moi. Nous prenons l'escalator et je pense à la terre, au ventre de la terre, et je m'enfonce avec lui vers le deuxième sous-sol et ça m'excite, j'ai l'impression de voler l'homme de ma mère et c'est presque aussi bon que de m'imaginer nu contre Sami. J'ai envie de me venger d'elle, je veux reprendre ce qu'elle a pris puis ce qu'elle a égaré de moi ; mon enfance est un nuage qui se dissipe avec le temps. Avec tous les hommes, je me sens moi, je me sens vrai, je me sens exister aussi, même si ce sont des hommes qui préfèrent les femmes. C'est comme être à l'intérieur d'un cercle fermé, je me sens accepté. Avec mon père c'est différent, il est en dehors du rond des hommes et je ne me sens pas moi avec lui, parce qu'il est triste, il n'a pas encore coupé avec ma mère. J'ai lu qu'il y avait des gens qui ne se remettaient jamais de l'amour, qui pouvaient mourir d'un cœur qui aurait trop saigné, j'ai lu aussi que nos blessures à l'intérieur de nous ne se referment jamais parce que l'on ne peut pas les regarder. Au supermarché, Alex me laisse choisir ce que je veux, je prends des packs de bière et du lait – le lait me fait redescendre après mes sticks. Il me regarde en souriant, ne pose pas de question, et je pense qu'il n'aimerait pas connaître les raisons de mes implosions. Je me dis qu'il ressemble à ma mère et qu'elle a peut-être manqué quelque chose avec lui, il est si différent de mon père, il a l'air d'aimer la vie. Nous faisons tous les rayons, et parfois il demande « Ta mère aime ça ? » et je ne sais pas quoi répondre, je ne connais pas ses goûts, comme elle ne connaît plus les miens. Je suis un peu défoncé, et les rayures noires reviennent au supermarché. Et puis je vois Sami, avec une fille, et je crois tomber à l'intérieur de moi. Je ferme les yeux, je ne dis rien, je serre mon ventre, et je marche loin de lui. Quand nous arrivons à la caisse avec Alex, je l'entends qui m'appelle, j'avais presque oublié sa voix, et surtout sa voix sur mon prénom. On se serre la main, la fille se tient loin derrière, mais je peux voir un bout de sa beauté qui finit de m'achever ; je suis mort. Mon rêve de Sami s'achève ; tous les murs de sa chambre sont tombés. Je me souviens de sa mère qui entrait sans frapper, comme la mienne avant, je me souviens de ses mots qui ne perçaient pas mon cœur, je ne comprenais pas la langue dans laquelle elle criait. Je me souviens d'avoir eu peur de Bruce Lee puis de mon désir un jour qui me fit trembler ; je me souviens de sa cicatrice qui coupe son sourcil en deux, je me souviens de sa voix qui chantait les mots d'un autre, je me souviens de l'odeur de sa peau, un peu forte, que j'essayais, la nuit, de retrouver sur la mienne. Je reste sans larmes, je ne veux pas pleurer Sami, je veux soigner la plaie qui s'ouvre à nouveau dans le secret des chairs.

Avec Sami, cet hiver, on allait dans la forêt pour fumer du shit, on était seuls tous les deux, dans un autre monde, sous les arbres, un peu défoncés ; dans ces moments-là je croyais toujours qu'il allait me parler, je me disais, ça y est, ça va arriver, alors je devenais très dur sous mon ventre et en même temps j'avais très peur, comme si le désir et la peur se tenaient sur la même ligne. J'attendais et rien ne venait, Sami pompait sur le stick comme un fou, il avait juste envie de se défoncer (même pas de se défoncer avec moi), après il renversait sa tête en arrière comme les acteurs dans les scènes de sexe, moi je posais mes lèvres après ses lèvres sur le stick, cela faisait comme un baiser, mais un baiser retardé, je gardais son goût dans ma bouche et c'était comme garder le goût de son sexe. Avec Sami, j'avais une idée de ce que pouvait être le désir ; je plongeais dans une deuxième vie qui n'était pas meilleure mais différente de la mienne.

Ma mère a pris des jours de vacances, ce n'est pas pour rester avec moi, mais pour rester avec Alex. Ils tisent[1] dans le jardin, en jouant aux cartes, je les regarde de la fenêtre du salon et ça me rappelle quand je l'espionnais, avant, pendant ses thés avec les hôtesses de sa compagnie, je les trouvais belles mais je n'avais aucune attirance, elles formaient une famille dont les hommes étaient exclus. Je n'avais pas ma place parmi elles et je ne voulais pas la prendre, des héros peuplaient déjà mes rêves,

1. Boivent de l'alcool.

et ils n'apparaissaient jamais sous les traits de leurs visages.

Mon père a téléphoné, il dit m'attendre, je sais que je vais bientôt partir maintenant, j'en ai envie. Alex vit chez nous, je n'en veux pas à ma mère de ne pas m'avoir prévenu parce qu'il fait comme un mur entre elle et moi, je ne la vois plus, avant je ne la regardais pas mais je la voyais quand même, et son image transperçait la fine membrane qui sépare mes rêves de ma réalité, elle arrivait à venir dans mon monde, comme un leurre transparent qui ne faisait que passer mais qui passait quand même. Je me sens de trop, trois est un mauvais chiffre. Les avions traversent le ciel tous les jours, le temps ne passe pas, l'été fige les choses. Nous sommes des corps en marche vers un paradis que nous n'atteindrons jamais. Dans la nuit, j'entends des voix mais je ne reconnais ni celle de ma mère ni celle d'Alex ; après je me dis que ce sont des voix dans ma tête et ça me fait peur. Je sais que ma mère a peur, comme moi, de la folie à cause de sa mère. L'amour n'a pas circulé chez nous, mais la folie est sur nos peaux. Alex ne dort pas sur le canapé ce soir, ma mère a laissé la porte de sa chambre ouverte. Ils sont peut-être là, mais je ne veux pas vérifier, je ne veux surtout pas les voir ensemble comme deux pantins nus et emmêlés. La nuit est un puits, il n'y a plus d'air ; Sami était mon oxygène, il changeait mon sang, il changeait ma vie. J'ai envie d'un mec, ça m'obsède et ça me fait mal dans mon ventre, c'est du désir mélangé à de la tristesse ; je sais où il faut aller pour en trouver un, mais je n'ai pas encore assez de force. Le monde dans lequel je vis ne me ressemble pas, je me sens seul dans mon délire, mes larmes sont descendues dans mon ventre.

Mon père m'envoie un billet de train pour que je vienne le voir et un peu d'argent pour mon voyage. Je vais au champ de colza, j'ai peur de manquer de shit, ce serait, pour moi, comme manquer de souffle puis de courage. Le shit me donne l'illusion de la force, sans ça, je suis une âme nue. Ralph me donne plus que d'habitude, parce qu'il m'aime bien et qu'en plus il va partir. Je me demande à quoi ressemble sa vie, s'il aime la mer et la plage, la force des vagues et les couchers de soleil, la fête tard dans la nuit, le corps des filles, ou s'il préfère la solitude et le silence. Il porte un tee-shirt bleu, de la couleur d'un ciel. Sa peau est si blanche et si fine que l'on peut voir ses veines se croiser, il sent bon l'eau de Cologne, et je regarde la gourmette qui bouge à son poignet, je me sens dur. Je pense à son sexe, ça vient dans ma tête comme une évidence et je n'arrive plus à me défaire de cette idée. Ça prend tout l'espace de mon imagination puis je me dis que je ne pourrais pas faire ce qu'il fait (le deal), j'aurais trop peur des flics et surtout des camés. On peut tuer pour de la came, surtout la dure que je ne veux pas prendre parce que je ne veux pas brûler mon cerveau trop vite. Je veux voir, encore, arriver les choses, je veux sentir battre mes veines et monter mon désir, je veux m'oublier dans le corps des hommes, je veux donner et recevoir, je veux m'ouvrir et me refermer sur quelqu'un, je veux être découvert, je veux être mélangé, je veux être dépassé par les vagues du désir qui explose, je veux espérer d'un autre corps que le mien, je veux me sentir recouvert en entier, je veux que l'on me redonne la vie, je veux planer bien après mes rêves qui ne viennent plus. Mon monde n'est pas encore un champ de ruines. Ralph ne dit jamais rien sur lui, il est pâle et silencieux et son silence doit le protéger. Il se déplace avec l'air et parfois je le crois invisible puisqu'il quadrille le quartier à la vitesse de l'éclair ; Ralph, le serviteur. Je pourrais poser ma tête sur son ventre puis recevoir de lui une spirale chaude de shit qui ferait s'arrêter mon cœur ; je pourrais me coucher avec lui dans le champ de colza et ce serait le dernier moyen d'oublier le garçon que je suis. Je ne sais pas si le silence me protège, je me sens rongé par mes secrets. Je vais à la cité, le ciel au-dessus de moi est un toit brisé ; il me manque quelqu'un. Les tours brillent au soleil et l'on pourrait croire que le feu va tout embraser. Ici, ce sont les vies silencieuses. Je ne vois personne aux fenêtres, je n'entends personne m'appeler ; la cité surgit comme un demi-cercle qui pourrait être deux bras qui s'ouvrent à moi pour me porter. Je veux, je veux l'amour, voilà ce que je me dis, empoisonné par un stick trop fort que Ralph a roulé, empoisonné par sa salive. Sami est sous les préaux, seul, le soleil tape sur sa nuque comme une arme, il est encore de dos, je pourrais me jeter sur lui, me pendre à son cou, le faire tomber et écraser mon sexe contre son sexe, je pourrais le suivre et me cacher, je pourrais l'appeler par mon prénom (comme si nous avions échangé nos identités), je pourrais lui donner toute ma réserve de shit, je pourrais lui donner mon corps sans lui demander de l'argent en retour, je pourrais lui dire que je l'aime, que je ne l'aime pas, que son visage est tatoué sous ma peau et qu'il fond lentement sous la chaleur de l'été. Mais il se retourne, et c'est comme s'il se retournait sur moi.

Il a l'air un peu défoncé et je me souviens que je n'arrivais jamais à capturer son image quand je le prenais en photo, qu'elle fuyait de mon objectif comme si lui-même avait toujours fui de mon projet ; j'étais son seul ennemi. Il ne dit rien, ma peau devient mon bouclier, j'entre dans son silence, j'entre dans sa guerre. Sami reste derrière son mur, nous savons tous les deux que quelque chose a changé entre nous mais nous n'avons pas les mots pour le dire.

Dans l'enfance, je compte les uniformes (été, hiver) de ma mère, ses badges, ses cartes magnétiques, ses billets, ses rapports de vol, son Manuel, tout ce qui fait d'elle une hôtesse de l'air et tout ce qui ne fait pas d'elle une mère. Elle m'offre des modèles réduits d'avions, qui tiennent sur un socle, au bout d'une tige métallique. Elle m'offre ses broches (des ailes) quand elle monte en grade (chef de cabine puis chef de cabine principale). Sa vie passe comme ça, là-haut, en bas, ailleurs, dans un no man's land que je ne peux nommer puisqu'il est bien plus loin que tous les pays qui sont répertoriés dans l'index de mon atlas. Alors je pense à elle endormie dans la salle de repos, là où le personnel de bord se relaie dans la nuit des longs-courriers qui me fait penser à une nuit de ténèbres. Ma mère dit qu'il y a beaucoup de désir dans un avion, parce que ce n'est pas la vraie vie et que l'on est peut-être proche de quelque chose qui a un rapport avec la mort, à cause du ciel et des étoiles, à cause du temps qui s'étire, à cause du jour qui se lève, à cause de la nature qu'elle traverse sans pouvoir la contempler. Un jour, ma mère m'emmène à New York, elle disait qu'il fallait voir l'Amérique, que c'était important l'Amérique, que ce pays faisait partie de ses rêves d'enfance ; moi je n'ai jamais rêvé de l'Amérique, je n'ai jamais partagé ses rêves. Dans l'avion, je n'ai pas réussi à dormir, il y avait ce bruit de réacteur qui me faisait penser au bruit de mon cœur quand il se déchire, j'avais un peu honte d'être son fils, elle s'occupait des gens, je me sentais inutile. Il y avait une femme à côté de moi qui essayait de me parler mais je lui ai dit que je ne comprenais pas sa langue. Je crois que je suis devenu un peu fou pendant ce voyage, je me sentais suspendu au-dessus de la terre et ma solitude me manquait parce que je m'y étais habitué. Puis je n'ai pas compris cette phrase d'une hôtesse : « Tu peux être fier de ta maman. » Quand on est arrivés à New York, j'avais les tympans explosés et je me dis aujourd'hui que c'était une façon pour moi de m'isoler d'elle, de rester dans ma tour, dans mes rêves, dans ce qui ne me reliait pas à elle. Je ne voulais pas entendre son histoire, je ne voulais rien savoir de son Amérique. Je ne voulais pas marcher dans les pas de son enfance, je ne voulais rien faire remonter de son histoire par l'intermédiaire de mon corps, écrasé par les buildings. Je ne voulais pas retomber dans ses bras, je ne voulais pas faire la paix. Elle ne prolongerait rien à travers moi, je brisais la chaîne des événements. Dans la chambre, elle a pris un cachet pour ne pas dormir, nous sommes sortis très vite de l'hôtel, j'ai pensé que la proximité de mon corps l'effrayait, soit je lui rappelais mon père, soit je lui rappelais nos neuf mois serrés l'un contre l'autre, quand nous ne faisions qu'un, quand elle croyait m'aimer. Nous avons marché entre les blocs comme deux fantômes, je me souviens des sirènes des voitures de police, d'un restaurant en haut d'une tour, d'un centre commercial où j'ai voulu la perdre, d'un garçon qui jouait du violon sous la neige et du vertige qui me prenait chaque fois que je regardais vers le ciel. Avec un stick c'est comme si j'avais un cœur qui battait à l'intérieur de mon propre cœur, je me sens derrière la vie, et cette vie est devenue ma normalité. Ce soir, j'ai envie de me perdre dans notre quartier ; j'ai envie de m'égarer, ce qui serait, aussi, une façon de me détacher de moi. Je vais jusqu'à la gare. J'ai envie de partir, j'ai envie de voir mon père. Le shit a noirci mon sang, je suis loin de la joie, loin de mes premiers rêves. Je retrouve la fin de mon enfance, cette impression d'avoir été dessaisi de quelque chose. Sami vient dans ma défonce, comme un ange qui soulèverait mon corps avec une seule main. J'ai envie de sa force, j'ai envie de son odeur, j'ai envie qu'il vienne en moi, comme pour me soigner d'une maladie que je ne connais pas. Quand je rentre à la maison, je plane assez pour ne pas entendre ma mère avec Alex ; je m'endors comme un mort. Je rêve des Étangs. L'eau est grise, je nage vite, je glisse, plus j'avance, plus la ligne des bouées s'éloigne et, quand je regarde sous mon corps, je vois Sami, au fond de l'eau, qui marche, debout, comme s'il marchait sur la terre. Avec l'été, je pense souvent à ma grand-mère, à sa maladie qui est aussi une deuxième vie, blanche et sans relief. Je ne sais pas si elle a la notion du temps ou si les jours passent sur elle en coup de vent, je ne sais pas ce que ça fait d'être sans mémoire, si on s'en rend compte, si c'est un état continu ou juste des absences, avec les sticks je sens parfois un trou dans mon cerveau, un trou d'où s'échapperait toute la douceur que j'aurais pu avoir dans mon enfance mais dont je ne me souviens plus. Ce matin, les nuages ressemblent à des oiseaux, il y a une autre vie ailleurs ; je me sens inutile sans Sami, je gâche mon désir, les battements de mon cœur ne servent à rien. Je marche dans le vide, Sami tenait tous les murs de ma maison, et quand je dis maison, je parle de ma tête, c'est là que je vis, c'est là que je crois mourir parfois, c'est là que je pars loin dans un monde qui n'existe pas, là où personne ne peut me trouver, et d'ailleurs là où personne ne vient me chercher, je suis bien dans ma tête, bien en guerre contre les autres. Sans Sami, ma maison va s'effondrer, mais les sticks peuvent la faire encore tenir un peu ma maison, ils sont là mes derniers murs, dans la boulette d'aluminium que Ralph m'a donnée. Je la serre contre moi et je me dis que c'est la main de Sami que j'écrase dans la mienne. Dans le jardin un chien aboie, je pense à notre chien que nous avons perdu un jour pendant une promenade en forêt. Au moment de sa disparition, ma mère m'enferme dans cette image de cœur de pierre. Notre chien avait rejoint mon cimetière de larmes. Le silence tombe sur moi comme une pluie de cendres. Je pense à Sami, mais je ne vois plus son visage et je ne sens plus sa chaleur. Je suis jaloux de ma mère, moi aussi je veux qu'un homme me recouvre, en entier, qu'il ne laisse libre aucune parcelle de ma peau, qu'il écrase son ventre sur mon ventre et son cœur sur mon cœur, moi aussi je veux qu'on me redonne la vie. La nuit est finie. Je décide de partir. Le train descend vers le sud, peu à peu le paysage absorbe le souvenir de ma mère. Je descends vers mon père, je descends vers cet homme que je ne connais pas, qui ne sait rien de mes rêves et de mes silences. Je descends vers un homme que je ne peux serrer contre moi sans avoir peur d'être démasqué. Je descends vers un homme qui n'est pas dans la forêt de bouleaux dense et serrée qui emprisonne mon désir, et peut-être, un jour, mon cœur. Je n'ai jamais vu le père de Sami, je me dis que nous sommes des garçons sans famille et que l'angoisse vient de ce vide qui fait penser au trou noir de l'espace. J'ai dans ma poche ma réserve de shit, c'est ma façon de porter Ralph sur moi. Quand je ferme les yeux, il est au centre du champ de colza, les bras en croix et la peau nue, tel un épouvantail. Ralph est mon faux paradis, je pourrais baiser avec lui, j'aurais un peu l'impression de faire l'amour avec moi à cause de l'argent que je lui donne. Tous les hommes sont interchangeables, et peut-être que toutes les femmes aussi et que c'est pour cette raison que l'amour n'existe pas. Plus le train avance, plus je mesure la distance entre ma mère et moi, je me sens libre, elle reste loin avec Alex, dans le petit jardin où le soleil éclate. Je lis un livre de poésie, chaque mot est un mot pour moi ; je ne suis pas triste, je me sauve de quelque chose qui commençait à m'ensevelir. La vitesse du train emporte mon corps et, quand je ferme les yeux, les tours de la cité transpercent le ciel.

Quand je vois mon père sur le quai de la gare, j'ai envie de me défoncer, de quitter son image, que je ne peux affronter : il est bronzé, ses cheveux sont encore plus blonds à cause de la mer, il y a du blanc aussi qui fait comme des reflets. Il ressemble à un père, il devient mon père, et moi je ne me sens le fils de personne ; seul le shit pourrait, soit m'arracher à son image, soit m'y faire fondre. Il ouvre ses bras et je ne sais pas trop quoi faire ; je ne sais pas jouer la comédie ; je suis un mauvais acteur. Tout se voit sur mon visage, même ma tristesse. Nos baisers sont confus, et je ne sens rien dans mon cœur, rien, je me dis que je suis un mauvais garçon ou que Sami a tout pris avec lui, tout emporté dans la vitesse de sa jeunesse. Nous roulons le long de l'océan, les vagues sont grises puis blanches à cause de l'écume, j'ai envie d'y ensevelir ma honte. Je rêve de ma mère et d'Alex, ils sont dans le jardin de la maison, bien au centre comme moi avant, quand je pensais que le soleil m'avait choisi ; le ciel est rouge. Dans mon rêve, ma mère dit : qu'elle est triste parce qu'elle vient de perdre son enfant, Alex la serre contre lui et dit : « Le prochain restera, lui. » La nuit, j'entends les vagues contre les rochers, ce n'est plus la solitude, ce n'est plus la tristesse, la mer recouvre tout et la vie devient légère comme le vent d'été, le shit me donne envie de sexe et je me sens libre, personne n'entre dans ma tête quand je pense aux corps des hommes, à la salive, à la force et au sperme ; je suis à l'intérieur de mon désir comme si je décidais de ma vie. Cet hiver, Sami disait qu'il voulait baiser le plus de filles possible avant de se marier, j'avais envie de pleurer, mais les larmes ne sortaient pas et ça faisait aussi mal que de ne pas pouvoir jouir de lui. Quand je pense aux hommes, je ne vois jamais le visage de mon père, parfois le visage d'Alex vient, son rire aussi, ses lèvres qui s'écartent, ses dents blanches et sa langue épaisse, je pense à lui parce que j'envie ma mère. J'aimerais bien être à sa place, juste une fois pour éclater de plaisir et pour entrer dans ses pensées. Quand je retrouve mon père le matin, on ne sait pas quoi se dire, alors on regarde la mer, les vagues, et on fait semblant d'être dévastés par la beauté. Mon père doit se dire que je ne suis pas son fils, que l'on n'a pas construit d'histoire, qu'il ne sait rien de mon enfance, que ma jeunesse glisse sur la jeunesse qu'il a perdue, que rien ne s'est transmis et que tout s'est perdu, que nous sommes sans passé et déjà sans avenir, nous n'avons aucune information l'un sur l'autre. Il doit se dire aussi que ma vie lui est fermée, qu'il ne retrouve pas son visage dans mon visage, que le temps a tout brûlé. Je ne sais pas s'il se dit qu'il m'aime, je ne le sens pas, cet amour évident, je me demande s'il est frappé par la même maladie que ma mère ou s'il a épuisé, à cause d'elle, sa réserve de sentiments. L'amour se perd peut-être, comme la force quand on vieillit. Mon père ne s'est jamais arrêté de tout donner à ma mère, c'est du travail, cet amour-là : mais le cœur de ma mère n'a rien retenu, et c'est cela perdre l'amour, c'est donner en sachant que l'autre ne garde pas. Peut-être que j'ai fait la même chose avec Sami, j'ai imité mon père, j'ai choisi quelqu'un qui ne garderait rien de moi, c'était une façon de me vider, de me perdre et de m'assurer que rien n'a d'importance, rien, ni mes rêves ni mon désir, tout ça est transparent comme le gaz qui compose l'air que je respire. Alors je regarde mon père qui, lui, regarde les vagues avec ses yeux un peu tristes, et le soleil crible d'or ses cheveux. Il est si beau, il est si intouchable. J'ai envie de l'embrasser, j'ai envie de le consoler, j'ai envie de lui dire que je suis son fils, que je suis de son sang et que cela fait de lui mon père, mais la main de ma mère me retient encore. Avec le shit, je vais chercher de l'amour, au fond de moi, et, même si c'est une illusion, cet amour me transporte ; quand je ferme les yeux, je danse avec quelqu'un, et là je commence à exister. Je sais, tout cela est angoissant parce que ce n'est pas vrai mais je pense parfois qu'il vaut mieux rêver que d'être conscient des choses, que ça fait moins mal et que c'est peut-être moins dangereux. Je suis sûr que ma mère rêve pendant ses voyages et que c'est bien meilleur de rêver que de se retourner sur moi, sur notre histoire dont les chemins se sont séparés depuis longtemps. Sami disait que c'était la honte de tomber amoureux, que ça ne lui arriverait jamais, parce que c'est un vrai mec, et s'il se marie, il le fera pour l'honneur, pour la tradition, mais pas pour l'amour. L'amour c'est pour les filles, elles savent pleurer et sécher leurs larmes. Peut-être que Sami a raison, peut-être que l'amour est réservé aux filles et que ma mère est juste l'exception qui confirme la règle, puisque, dans la logique des choses, et donc dans la logique de la vie, il faut toujours une exception pour faire tenir une théorie. Les vagues contre les rochers imitent le bruit des tours qui s'effondrent sous la dynamite. On dit que l'été est la saison de la jeunesse, la saison où les liens se font et se défont, la saison des premiers baisers et des premiers chagrins ; je ne suis pas de la partie, je joue hors jeu, je n'ai rien gardé de la jeunesse, rien de ce qu'en disent les journaux ou les téléfilms, je ne me sens pas inclus au monde facile, au monde des chansons douces et des amours d'une nuit. Les jours heureux me sont étrangers. Je ressemble à Sami, nous sommes dans le camp des pauvres de cœur, de ceux que les bons sentiments ont oubliés, nous sommes d'une même famille que je rejoindrai un jour. Il me faudra explorer le monde, mais je ne ferai pas le même voyage que ma mère.

Je marche torse nu sur la plage, l'air chaud

me tient comme un millier de mains invisibles, je ne suis plus seul, je suis porté, je sens mon désir, je n'en fais plus une douleur mais une force qui m'aide à marcher droit ; je fume un stick, l'océan emporte mes rêves vers une terre qui doit surgir bien après la ligne d'horizon, comme un eldorado, la terre des rescapés. Ma mère appelle pour savoir si je suis bien arrivé, ce qui m'étonne de sa part, puis je comprends très vite qu'elle ne veut pas que je parle d'Alex à mon père, cela pourrait limiter sa liberté (de jouir). Je ne veux pas lui parler, cela m'angoisse d'entendre sa voix ; c'est elle, son visage et son corps, son verre de vin et sa cigarette, ses rêves d'Amérique et ses pleurs, ces voyages qui ont fini par tous se ressembler ; pour elle, il n'y a aucun pays étranger ; c'est elle mais aussi ce que j'ai laissé derrière moi en partant, mon quartier construit en labyrinthe dans lequel j'aimais tant me perdre, le champ de colza, la main de Ralph qui donne le plaisir contre de l'argent, les tours que le soleil enflamme, l'absence de Sami, comme une vague qui ne revient jamais vers le sable. Parfois, le visage de Ralph brouille le visage de

Sami, j'ai envie d'un homme parce que j'ai envie d'une autre vie que la mienne, j'ai envie que l'on me raconte une histoire, j'ai envie de savoir comment cela se passe ailleurs, dans les autres cerveaux, j'ai envie que l'on me change la tête. Avant, je pensais que c'était facile de trouver sa place dans le monde, que chacun avait un destin ou une histoire à accomplir. Sami aimait bien aller à fond sur son scooter, conduire des voitures sans permis, boire jusqu'au coma, se défaire à la colle, sauter du troisième étage comme un oiseau, il n'avait peur de rien et ne voulait avoir peur de rien, il disait qu'il était plus fort que la mort et surtout plus fort que la vie. Je ne saurai jamais s'il a déjà eu peur de moi. La dernière fois que nous nous sommes regardés dans les yeux, il était trop défoncé pour me montrer sa vérité. Je ne saurai jamais ce qu'il pense de moi parce que j'ai décidé de le défaire de ma tête, lui aussi va rejoindre les rouleaux de l'océan qui écrasent les surfeurs contre les rochers. Je fume un stick en les regardant, moi aussi je suis courageux, je reste dans la vie même si la vie ne veut pas de moi. Quand je pense à ma grand-mère, j'espère qu'elle n'est pas morte, si elle meurt, elle emportera un petit bout de moi ; je me suis réduit en fragments et je pense à cette chose avec les ordinateurs qui s'appelle la défragmentation, ça arrive dans la nuit, quand toutes les informations se dénouent comme pour se soulager, moi aussi j'aimerais me défaire de tous les fragments qui se sont déposés en moi, au fil du temps, au fil des années, au fil des voyages de ma mère, au fil de ses silences qui ont fini par ressembler à des mensonges. Ma mère dit de sa mère qu'elle est une bonne actrice, qu'elle sait nager dans plusieurs eaux à la fois ; l'eau douce quand elle la regarde, l'eau salée quand elle ne la reconnaît pas. Elle dit aussi que sa mère aurait mieux fait de partir, qu'on s'arrange avec les absents, mieux qu'avec les vivants. Je crois que ma mère aimait bien l'idée d'être orpheline, ça allait avec son idée de la liberté. C'est pour cette raison que la chaîne de l'amour s'est arrêtée entre nous tous. J'aime lire de la poésie, j'ai l'impression qu'elle parle de moi, que l'on a écrit quelque chose sur moi, même si je n'ai aucun rapport avec celui qui a écrit le poème, c'est comme un rêve de se sentir compris par un inconnu. Sami revient de moins en moins dans ma tête, j'en suis parfois triste, je me sens décrocher de quelque chose qui appartient déjà au passé. Avec lui, j'ai fait mon temps.

Je suis en voiture avec mon père, je fume une cigarette, j'ai mis la radio à fond, je ne pense pas qu'il est mon père sinon l'angoisse pourrait me recouvrir et me noyer ; nous voulons aller vers l'Espagne mais je crois que nous nous sommes trompés de chemin. Sur l'autoroute, je regarde tous ces gens agglutinés dans les voitures, tous ces enfants, tous ces hommes et toutes ces femmes, et j'ai la nausée, je me sens en trop-plein de chairs ; c'est la fin des solitudes. Avec Sami, ou dans les rêves de Sami, je suis seul au monde ; aimer les hommes, c'est faire le vide autour de soi parce que l'on n'est pas comme les autres, c'est franchir la frontière, c'est regagner sa liberté, c'est devenir celui qu'on a chassé. Aimer les hommes, c'est mon plus grand silence, et la plus grande guerre que je doive mener. Je veux gagner, je veux être parmi ceux qui me ressemblent.

À qui ressemble ma mère, à cet instant, dans le jardin du pavillon quand elle embrasse Alex avant que la nuit ne les recouvre ? Je ne me donne pas de plaisir ici, je n'ai plus de sujet, je veux dire que ma tête est vide de rêves et que j'en ai assez de rêver, que j'ai envie d'un vrai mec contre mon ventre, et puis je sais que mon père ne dort pas la nuit ; je l'entends marcher dans la maison, descendre l'escalier qui mène à la plage. Je sais qu'il fume ses cigarettes dans le noir, mais je ne sais pas à quoi il pense.

Peut-être qu'il se passe le film de sa jeunesse sans arrêt dans sa tête. Peut-être qu'il va en tomber malade, d'aimer pour rien. Ce n'est pas de l'amour, ça, c'est juste une façon de remplir sa vie pour ne pas penser au vide qui est aussi immense que l'espace des cosmonautes. Comme on n'a pas trouvé la sortie d'autoroute pour l'Espagne, mon père m'a emmené à la montagne, juste au-dessus de la mer, on s'est garés près d'un fossé et j'ai aussitôt pensé aux gens qui se font enlever pendant l'été, comme si les tueurs avaient eux aussi ce trop-plein de chairs en eux ; j'ai déjà tué ma mère dans ma tête, mais à l'époque j'étais comme déjà mort de moi, donc cela n'a servi à rien. Mais je vais ressusciter, les hommes me sauveront, même si je n'y crois pas, je vais tout faire pour trouver l'amour ou pour trouver quelque chose qui lui ressemble et, même si c'est faux, je ferai tout pour y croire. Je suis sûr que, à force de lire de la poésie, la beauté entre dans le corps des gens qui n'en avaient pas. Moi c'est ce qui est en train de m'arriver cet été. Je lis, j'avance et je me sens plus beau, je saigne moins de l'intérieur. Une part du ciel est entrée en moi, mais une part qui est encore vierge de tout. Quand je vois les traces blanches des avions, je pense à tous les continents que je ne connais pas encore. Avec mon père, on a marché longtemps sous le soleil, il voulait me montrer un endroit que lui seul connaît, ça m'angoissait de marcher avec lui parce que j'étais trop près de lui. J'avais perdu ma distance, j'avais perdu mes armes. Avec Sami, quand on se défonçait, on prenait le même chemin, je me disais que c'était un chemin d'amour ; ses yeux étaient plus bleus, le soleil pénétrait sa peau comme s'il avait été fabriqué à la feuille d'or, sa voix devenait une spirale blanche qui me serrait la gorge, ses mots formaient tous les mots de toutes mes prières, son ventre était tendu et le mien se tendait. Je pouvais tout imaginer alors, je n'avais pas peur, je n'avais pas honte, je me sentais dans le sang de Sami et je nageais dans son fleuve rouge, à contre-courant. Plus je pense à lui, plus je me dis que je l'ai aimé, ce qui veut dire que j'ai le marqueur de l'Amour dans mon cerveau, comme j'ai lu qu'il y avait des marqueurs de la drogue et que plus l'on se défonçait, plus ils se multipliaient, alors peut-être que ça peut marcher avec l'amour, ou avec l'idée de l'amour, qu'il faut y être exposé pour s'en faire contaminer. Avec Sami, j'ai appris ce qu'était la douceur à cause de la peau si fine de ses paupières, quand il fermait les yeux, je voyais à travers lui et je me disais qu'il était, aussi, composé de soie. Avec Sami, ma tête explosait, je ne pouvais pas l'avoir, et c'est peut-être ça aimer, c'est attendre d'être aimé. J'ai tant attendu ma mère, je n'ai pas réussi à ne plus l'aimer, alors elle me fuit, elle se dit qu'elle ne mérite rien de moi parce qu'elle ne m'a rien donné. J'ai rêvé de Ralph, il sortait des vagues tel un géant, il écrasait tous les baigneurs sur son passage puis il mettait le feu à la chambre de mon père. Je me suis réveillé en sueur, j'ai couru dans la maison, le vent faisait voler les voiles blancs des fenêtres comme les draps des fantômes. J'ai pensé que c'étaient les fantômes de toutes mes larmes. Après, mon père s'est levé, il m'a parlé mais je n'ai pas compris ses mots, alors il m'a serré contre lui et j'ai entendu mon cœur de pierre se casser ; ça m'a fait mal mais je n'ai pas pleuré. Je ne pleure pas quand je n'arrive pas à jouir de Sami. J'aurais préféré que mon cœur se casse dans les bras de quelqu'un d'autre. Le vent était doux, les vagues, moins fortes, je sentais l'odeur des pins qui se mélangeait à l'odeur d'un homme, celle de mon père. Après j'ai pensé aux hommes, à une foule d'hommes, à toutes ces forces et ces fragilités qui avancent dans l'existence quand on avance dans le noir, et je me suis senti moins seul. Et puis j'ai eu cette image qui est remontée de l'enfance, je suis au centre du jardin, il pleut très fort, je regarde vers le ciel, j'ouvre la bouche et je bois la pluie, je suis persuadé que c'est une part de ma mère. Je pourrais me vendre à Ralph pour le shit, je n'aurais pas l'impression de me salir ni de faire quelque chose de mal et je crois que j'aurais même du plaisir à ce qu'il dispose de moi comme d'une marchandise. Un jour Sami m'a dit qu'il voulait aller voir la mer avec moi et j'ai cru comprendre qu'il ne l'avait jamais vue ; j'ai eu envie de l'embrasser, cette phrase était romantique et il n'en avait pas conscience ; il était dépassé par ses mots et ça le rendait fragile. La mer est dangereuse, ce serait facile de se laisser emporter, mais je n'ai pas envie de mourir, je cours dans les vagues et je sais m'échapper à temps avant de me faire éclater au sol ; j'ai toujours su faire ça, m'échapper. Les surfeurs ressemblent à des dauphins qui attendent de l'horizon un signe pour glisser vers des récifs argentés, vers l'idée que je me fais du paradis. Je me suis baigné avec mon père, je n'arrivais pas à regarder son corps, j'avais peur de regarder sous son ventre, comme pour vérifier quelque chose. Je n'ai l'idée que d'une mère et je ne sais pas ce qu'est un père ou je n'ai jamais considéré mon père comme un homme parce qu'il n'a jamais réussi à refaire sa vie, à la bâtir avec sa force.

Ce n'est pas encore la nuit mais c'est la fin du jour, le chien-loup, je marche vers les lumières de la ville et la foule au loin ondule ; je plane un peu, ce qui déforme tous les angles et toutes les voix, et je me dis que j'aime bien vivre dans ce monde que j'ai réinventé, je me sens sans attaches, la mer explose en contrebas comme l'orage explosait sur les antennes de la cité, je tiens Sami dans ma main, l'oubli n'existe pas, et je garde le garçon de mes rêves sous ma peau comme une épine que je n'ai pas envie d'enlever ; il n'y a pas d'avion ce soir, je n'entends que la musique d'une fête foraine, je ne vois que les rayons de la grande roue ; j'ai lu que chacun avait son double quelque part sur cette terre mais que bien souvent une seule vie n'était pas suffisante pour le trouver ; je me retourne sur les soixante-sept premiers jours de mon été, je ne sais pas ce qu'il y aura après Sami, mais ce n'est plus le vide autour de moi, je me tiens sur un toit si haut que je peux toucher le ciel avec mes mains.

DU MÊME AUTEUR

Aux Éditions Gallimard

LA VOYEUSE INTERDITE, 1991, Prix du Livre Inter 1991 (Folio n° 2479).

POING MORT, 1992 (Folio n° 2622).

Aux Éditions Stock

LE JOUR DU SÉISME, 1999 (Le Livre de poche n° 14991).

GARÇON MANQUÉ, 2000 (Le Livre de poche n° 15254).

LA VIE HEUREUSE, 2002 (Le Livre de poche n° 30055).

POUPÉE BELLA, 2004 (Le Livre de poche n° 30384).

MES MAUVAISES PENSÉES, 2005. Prix Renaudot 2005 (Folio n° 4470).

AVANT LES HOMMES, 2007 (Folio n° 4826).

APPELEZ-MOI PAR MON PRÉNOM, 2008.

Aux Éditions Fayard

L'ÂGE BLESSÉ, 1998 (Le Livre de poche n° 14691).

LE BAL DES MURÈNES, 1996 (Le Livre de poche n° 14268).

COLLECTION FOLIO

Dernières parutions

4595. Alessandro Baricco — *Homère, Iliade.*
4596. Michel Embareck — *Le temps des citrons.*
4597. David Shahar — *La moustache du pape* et autres nouvelles.
4598. Mark Twain — *Un majestueux fossile littéraire* et autres nouvelles.
4599. André Velter — *Zingaro suite équestre* (nouvelle édition)
4600. Tite-Live — *Les Origines de Rome.*
4601. Jerome Charyn — *C'était Broadway.*
4602. Raphaël Confiant — *La Vierge du Grand Retour.*
4603. Didier Daeninckx — *Itinéraire d'un salaud ordinaire.*
4604. Patrick Declerck — *Le sang nouveau est arrivé. L'horreur SDF.*
4605. Carlos Fuentes — *Le Siège de l'Aigle.*
4606. Pierre Guyotat — *Coma.*
4607. Kenzaburô Ôé — *Le faste des morts.*
4608. J.-B. Pontalis — *Frère du précédent.*
4609. Antonio Tabucchi — *Petites équivoques sans importance.*
4610. Gonzague Saint Bris — *La Fayette.*
4611. Alessandro Piperno — *Avec les pires intentions.*
4612. Philippe Labro — *Franz et Clara.*
4613. Antonio Tabucchi — *L'ange noir.*
4614. Jeanne Herry — *80 étés.*
4615. Philip Pullman — *Les Royaumes du Nord. À la croisée des mondes, I.*
4616. Philip Pullman — *La Tour des Anges . À la croisée des mondes, II.*
4617.Philip Pullman — *Le Miroir d'Ambre. À la croisée des mondes, III.*

4618. Stéphane Audeguy — *Petit éloge de la douceur.*
4619. Éric Fottorino — *Petit éloge de la bicyclette.*
4620. Valentine Goby — *Petit éloge des grandes villes.*
4621. Gaëlle Obiégly — *Petit éloge de la jalousie.*
4622. Pierre Pelot — *Petit éloge de l'enfance.*
4623. Henry Fielding — *Histoire de Tom Jones.*
4624. Samina Ali — *Jours de pluie à Madras.*
4625. Julian Barnes — *Un homme dans sa cuisine.*
4626. Franz Bartelt — *Le bar des habitudes.*
4627. René Belletto — *Sur la terre comme au ciel.*
4628. Thomas Bernhard — *Les mange-pas-cher.*
4629. Marie Ferranti — *Lucie de Syracuse.*
4630. David McNeil — *Tangage et roulis.*
4631. Gilbert Sinoué — *La reine crucifiée*
4632. Ted Stanger — *Sacrés Français ! Un Américain nous regarde.*
4633. Brina Svit — *Un cœur de trop.*
4634. Denis Tillinac — *Le venin de la mélancolie.*
4635. Urs Widmer — *Le livre de mon père.*
4636. Thomas Gunzig — *Kuru.*
4637. Philip Roth — *Le complot contre l'Amérique.*
4638. Bruno Tessarech — *La femme de l'analyste.*
4639. Benjamin Constant — *Le Cahier rouge.*
4640. Carlos Fuentes — *La Desdichada.*
4641. Richard Wright — *L'homme qui a vu l'inondation* suivi de *Là-bas, près de la rivière.*
4642. Saint-Simon — *La Mort de Louis XIV.*
4643. Yves Bichet — *La part animale.*
4644. Javier Marías — *Ce que dit le majordome.*
4645. Yves Pagès — *Petites natures mortes au travail.*
4646. Grisélidis Réal — *Le noir est une couleur.*
4647. Pierre Senges — *La réfutation majeure.*
4648. Gabrielle Wittkop — *Chaque jour est un arbre qui tombe.*
4649. Salim Bachi — *Tuez-les tous.*
4650. Michel Tournier — *Les vertes lectures.*
4651. Virginia Woolf — *Les Années.*
4652. Mircea Eliade — *Le temps d'un centenaire* suivi de *Dayan.*
4653. Anonyme — *Une femme à Berlin. Journal 20 avril-22 juin 1945.*

4654. Stéphane Audeguy	*Fils unique.*
4655. François Bizot	*Le saut du Varan.*
4656. Pierre Charras	*Bonne nuit, doux prince.*
4657. Paula Fox	*Personnages désespérés.*
4658. Angela Huth	*Un fils exemplaire.*
4659. Kazuo Ishiguro	*Auprès de moi toujours.*
4660. Luc Lang	*La fin des paysages.*
4661. Ian McEwan	*Samedi.*
4662. Olivier et Patrick Poivre d'Arvor	*Disparaître.*
4663. Michel Schneider	*Marilyn dernières séances.*
4664. Abbé Prévost	*Manon Lescaut.*
4665. Cicéron	*«Le bonheur dépend de l'âme seule».* Tusculanes, *livre V.*
4666. Collectif	*Le pavillon des Parfums-Réunis.* et autres nouvelles chinoises des Ming.
4667. Thomas Day	*L'automate de Nuremberg.*
4668. Lafcadio Hearn	*Ma première journée en Orient* suivi de *Kizuki le sanctuaire le plus ancien du Japon.*
4669. Simone de Beauvoir	*La femme indépendante.*
4670. Rudyard Kipling	*Une vie gaspillée* et autres nouvelles.
4671. D. H. Lawrence	*L'épine dans la chair* et autres nouvelles.
4672. Luigi Pirandello	*Eau amère.* et autres nouvelles.
4673. Jules Verne	*Les révoltés de la Bounty* suivi de *maître Zacharius.*
4674. Anne Wiazemsky	*L'île.*
4675. Pierre Assouline	*Rosebud.*
4676. François-Marie Banier	*Les femmes du métro Pompe.*
4677. René Belletto	*Régis Mille l'éventreur.*
4678. Louis de Bernières	*Des oiseaux sans ailes.*
4679. Karen Blixen	*Le festin de Babette.*
4680. Jean Clair	*Journal atrabilaire.*
4681. Alain Finkielkraut	*Ce que peut la littérature.*
4682. Franz-Olivier Giesbert	*La souille.*
4683. Alain Jaubert	*Lumière de l'image.*
4684. Camille Laurens	*Ni toi ni moi.*

4685. Jonathan Littell *Les Bienveillantes.*
4686. François Weyergans *La démence du boxeur.* (à paraître)
4687. Frances Mayes *Saveurs vagabondes.*
4688. Claude Arnaud *Babel 1990.*
4689. Philippe Claudel *Chronique monégasque* et autres textes.
4690. Alain Rey *Les mots de saison.*
4691. Thierry Taittinger *Un enfant du rock.*
4692. Anton Tchékhov *Récit d'un inconnu* et autres nouvelles.
4693. Marc Dugain *Une exécution ordinaire.*
4694. Antoine Audouard *Un pont d'oiseaux.*
4695. Gérard de Cortanze *Laura.*
4696. Philippe Delerm *Dickens, barbe à papa.*
4697. Anonyme *Le Coran.*
4698. Marguerite Duras *Cahiers de la guerre* et autres textes.
4699. Nicole Krauss *L'histoire de l'amour.*
4700. Richard Millet *Dévorations.*
4701. Amos Oz *Soudain dans la forêt profonde.*
4702. Boualem Sansal *Poste restante : Alger.*
4703. Bernhard Schlink *Le retour.*
4704. Christine Angot *Rendez-vous.*
4705. Éric Faye *Le syndicat des pauvres types.*
4706. Jérôme Garcin *Les sœurs de Prague.*
4707. Denis Diderot *Salons.*
4708. Isabelle de Charrière *Sir Walter Finch et son fils William.*
4709. Madame d'Aulnoy *La Princesse Belle Étoile et le prince Chéri.*
4710. Isabelle Eberhardt *Amours nomades.*
4711. Flora Tristan *Promenades dans Londres.* (extraits)
4712. Mario Vargas Llosa *Tours et détours de la vilaine fille.*
4713. Camille Laurens *Philippe.*
4714. John Cheever *The Wapshot.*
4715. Paule Constant *La bête à chagrin.*
4716. Erri De Luca *Pas ici, pas maintenant.*
4717. Éric Fottorino *Nordeste.*

4718. Pierre Guyotat — *Ashby* suivi de *Sur un cheval.*
4719. Régis Jauffret — *Microfictions.*
4720. Javier Marías — *Un cœur si blanc.*
4721. Irène Némirovsky — *Chaleur du sang.*
4722. Anne Wiazemsky — *Jeune fille.*
4723. Julie Wolkenstein — *Happy End.*
4724. Lian Hearn — *Le vol du héron. Le Clan des Otori, IV.*
4725. Madame d'Aulnoy — *Contes de fées.*
4726. Collectif — *Mai 68, Le Débat.*
4727. Antoine Bello — *Les falsificateurs.*
4728. Jeanne Benameur — *Présent ?*
4729. Olivier Cadiot — *Retour définitif et durable de l'être aimé.*
4730. Arnaud Cathrine — *La disparition de Richard Taylor.*
4731. Maryse Condé — *Victoire, les saveurs et les mots.*
4732. Penelope Fitzgerald — *L'affaire Lolita.*
4733. Jean-Paul Kauffmann — *La maison du retour.*
4734. Dominique Mainard — *Le ciel des chevaux.*
4735. Marie Ndiaye — *Mon cœur à l'étroit.*
4736. Jean-Christophe Rufin — *Le parfum d'Adam.*
4737. Joseph Conrad — *Le retour.*
4738. Roald Dahl — *Le chien de Claude.*
4739. Fédor Dostoïevski — *La femme d'un autre et le mari sous le lit.*
4740. Ernest Hemingway — *La capitale du monde* suivi de *l'heure triomphale de François Macomber.*
4741. H.P Lovecraft — *Celui qui chuchotait dans les ténèbres.*
4742. Gérard de Nerval — *Pandora* et autres nouvelles.
4743. Juan Carlos Onetti — *À une tombe anonyme.*
4744. R.L. Stevenson — *La Chaussée des Merry Men.*
4745. H.D. Thoreau — *« Je vivais seul, dans les bois ».*
4746. Michel Tournier — *L'aire du Muguet,* suivi de *La jeune fille et la mort.*

Composition Nord Compo
Impression Novoprint
à Barcelone, le 15 décembre 2008
Dépôt légal : décembre 2008

ISBN 978-2-07-035599-0./Imprimé en Espagne.

156634